AF331561

ÉPITRE

A

M. DE LAMARTINE

Par M. J. A***

PARIS

IMPRIMERIE CENTRALE DE NAPOLÉON CHAIX ET Cᵉ,

Rue Bergère, 20, près du boulevard Montmartre.

1857

ÉPITRE

A

M. DE LAMARTINE

En l'an quarante-huit, quand l'*Almanach de Liege*

Annonçait qu'un État allait être le siége

D'un bouleversement qui détruirait un roi ;

Quand il disait à tous, comme article de foi,

Qu'un illustre écrivain, sans porter la couronne,

Monterait au pouvoir ; mais que dans sa personne

Il ne saurait longtemps garder l'autorité ;

Je riais en moi-même et du livre cité

Et des pauvres d'esprit, tels que ma cuisinière,

Ajoutant à l'augure une croyance entière.

Ils auraient pu de moi rire alors sans façon.

Car au vingt-huit février l'oracle avait raison.

Si la France avait pu, comme ce diplomate
Qui tournait à tout vent sa face blême et mate,
Si la France avait pu compter sur ton talent,
Lamartine, sois sûr qu'en un sublime élan
Elle t'eût pour toujours remis ses destinées :
Mais, hélas ! par malheur, dans tes jeunes années,
Et même en l'âge mûr, tu fus de ce parti
Qu'avait fait triompher le canon ennemi.
En vain de tes beaux vers la céleste harmonie,
En vain de tes discours l'éloquence inouïe
Firent vibrer les cœurs, taire les factions,
On crut ne voir en toi que l'homme à fictions
Dont tous les vœux secrets, dont la pensée intime
Étaient pour ces Bourbons, pour cet ancien régime
Répugnant à la France ; ainsi que Manuel
Le dit à la tribune, en un jour solennel.
On te calomniait : pour moi ce n'est un doute :
Car dans tes Entretiens, ou je lis, ou j'écoute ;
Et chaque mois j'apprends à te connaître mieux.
Mais tel était le sort qui te venait des cieux !...
En vrai républicain changer un royaliste
Paraissait impossible. Un poëte, un artiste,
Du jour au lendemain ne quitte pas ainsi,
Pour un genre abhorré, celui qu'il a choisi.

si, pour le salut de la chose commune,

Le peuple, par sa voix, secondait ta fortune,

On redoutait qu'un jour, au lieu d'un Washington,

On ne trouvât en toi qu'un émule de Monck.

Or la France ne veut de cette dynastie

Qui derrière un Cosaque est venue accroupie.

Elle ne veut d'un roi, ni de princes altiers

Qui laissaient de *brigands* traiter nos preux guerriers.

Elle ne veut surtout de cet ancien régime

Où la Noblesse insulte au peuple qu'elle opprime ;

Où le Clergé superbe et le Cloître immoral

De la religion font l'instrument du mal.

Elle veut la grandeur, l'égalité, la gloire,

La vertu dans le culte, et le vrai dans l'histoire.

On marchait à l'aveugle, en ce temps malheureux

Où l'Opposition, par des coups si nombreux

Sapant les fondements de la Charte octroyée,

Laissait la royauté dans le fossé noyée.

Contre un Pouvoir nouveau venu de l'étranger,

Qui, pour complaire aux siens, cherchait à tout changer,

La France, par Bourmont indignement trahie,

Et par l'Europe entière à la fin asservie,

Sentait de jour en jour croître une aversion

Que n'excitaient que trop le langage et le ton

De gens qui n'avaient eu que la peine de naître

Et qui disaient qu'un roi de tout doit être maître.

D'Ignace, en même temps, le zélé sectateur

S'offrait comme un fantôme et semait la terreur;

Car l'Inquisition, et ses trames obscures,

Ses cachots, ses bourreaux, ses affreuses tortures

Par la Presse attaqués le soir et le matin,

Semblaient nous menacer d'un triomphe prochain.

Et tous ces ennemis de sa gloire passée

Riaient de voir la France à ce point effacée.

Alors elle en appelle aux généreux enfants

Par le Patriotisme engendrés dans ses flancs.

Sa voix de mère en pleurs est partout entendue,

Et du nord au midi la foule en est émue.

Tous veulent la venger de ses cruels affronts :

Aux discours, aux écrits se mêlent les chansons ·

Les chansons qui, le soir, le matin dès l'aurore,

Au travail, au repos, aux festins plus encore,

Redisent aux guerriers leurs combats de géants,

Enflamment de désirs les courages naissants

Et racontent à tous ces brillantes journées

Où nos aigles planaient, de laurier couronnées,

Sur les peuples divers que nous avions vaincus.

Jours cent fois glorieux ! jours à jamais perdus

Avec un roi venu de la terre étrangère,

Devant aux ennemis d'avoir un sort prospère...

Aussi, combien au cœur la haine grandissait !...

Et d'en venir aux mains combien on languissait !...

Il semblait qu'en brisant la vieille dynastie

On allait retrouver cette gloire chérie

Qu'on aimait d'autant plus qu'on en était sevré,

Et que de souvenirs le cœur était navré...

Entre un peuple et son roi, d'un choc que rien n'ar

Ce que l'on peut prévoir, au fort de la tempête,

C'est de la nef royale un naufrage certain.

Ainsi le comprenait l'esprit républicain :

Mais du noble drapeau soustrait à la lumière

Quand Béranger voulut secouer la poussière,

Il ne fit que grandir la gloire d'un seul nom.

Le peuple délirait au mot Napoléon !

C'était là le GRAND HOMME et le GRAND CAPITAINE,

Le GRAND LÉGISLATEUR, qui savait comme on mène

Un peuple à la victoire, à la célébrité :

Qui faisait entre tous régner l'égalité !...

On ne regrettait point la liberté stérile

De parler ou d'écrire, au bonheur inutile :

On ne sentait qu'un joug sur le cou rabattu

Qui tenait dans la honte un grand peuple abattu...

De le porter, ce joug de l'Europe liguée,

La Grande nation se trouvait fatiguée;

Et pour le secouer fallùt-il cent combats,

Elle attendait le jour, l'œil au ciel, l'arme au bras !...

Elle le crut levé lorsque sur la frontière

La Légitimité terminant sa carrière,

Un Roi dit citoyen accepta le pouvoir !...

On ne sut que parler du matin jusqu'au soir...

Elle le crut levé lorsque la République

Fut proclamée enfin sur la place publique !...

Mais la parole encore, au lieu de l'action,

N'apporta que le trouble et la confusion.

Sous le roi citoyen, au moins pas de misère !

Sur tous les points la France était calme et prospère.

Le laboureur semait à l'abri de la paix ;

Le commerce en tous lieux répandait ses bienfaits ;

Dans l'arène à grands pas s'avançait l'industrie,

Et du produit des arts la France était remplie.

Avec la république, hélas ! tout dépérit !

Sur l'écume des flots surnage un seul esprit :

Esprit vaste, un instant maître de la tempête,

Mais qui sombre bien vite, et que le flot rejette...

Et deux cent mille voix, qu'exaspère la faim,

Demandent à grands cris de l'ouvrage ou du pain !...

Et six cent mille bras destinés à la guerre

Restent pendants au corps, inertes, sans rien faire !...

Que dis-je? on les redoute... on les désarme, au lieu

De les conduire au trot sur ces champs où Beaulieu

Marqua de sa défaite une brillante époque,

Et d'où l'Italien, comme au Dieu qu'il invoque,

Nous adressait en vain une mourante voix....

Ce poignant souvenir, Lamartine, je vois

Qu'il apporte en ton âme une douleur amère,

Une douleur que rien ne saura faire taire;

Qui déchire ton cœur, y creuse un trou profond,

Comme la goutte d'eau tombant, tombant d'aplomb.

Ah! des pauvres mortels telle est la destinée!...

Par le Dieu tout-puissant l'âme ne fut donnée

Que pour remplir ici certaine mission.

A la tienne il légua la méditation,

Les beaux vers, l'éloquence et les grandes images

Qu'offre à chaque feuillet chacun de tes ouvrages.

Sans les malheurs nombreux dont le frappa le ciel,

Job eût-il enfanté son poëme immortel?

Poursuis donc, soit en prose, ou dans tes nobles rimes,

Poursuis tes Entretiens, poursuis tes chants sublimes!...

Malgré sa plainte amère adressée au Seigneur,

Job de ses premiers ans retrouva le bonheur.

C'est que le Dieu puissant qui gouverne le monde,

Qui lit dans tous les cœurs pendant la nuit profonde

Comme aux rayons du jour, vit qu'en l'adversité
Job ne nia jamais l'éternelle équité.

Vers les cieux, comme lui, quand tu pousses ta plainte
Et que ta voix m'émeut ainsi qu'un glas qui tinte,
Je voudrais, Lamartine, en écoutant tes chants,
Ne rencontrer jamais de ces tristes penchants
A décrier la France. Une mère chérie
Même dans ses erreurs ne doit être flétrie.
Le salut de l'État est la suprême loi;
Et quand elle l'invoque, un digne enfant, crois-moi,
Ne peut que l'honorer, obéir et se taire.
Que tes foudres puissants frappent le téméraire,
L'utopiste qui veut replacer en commun
Les biens péniblement amassés par chacun,
Et des fruits du travail engraisser la paresse;
Personne ne verra d'un regard de tristesse
Disparaître l'infâme abattu sous tes coups.
Mais quand le peuple a faim, qu'il t'implore à genoux ;
Qu'en toi, comme tu dis, il met sa confiance;
Te presse de calmer, de tarir sa souffrance ;
Te dit de renvoyer aux seuils de leurs maisons
Ces faux législateurs, ces bavards, ces brouillons
Qui de la France en paix, heureuse, florissante,
Ont fait des factieux une proie expirante;

Si, par un faux respect, tu n'oses consentir ;
Souffre qu'un autre au peuple ait pris soin d'obéir.

Un jour d'un exilé rappelant le martyre,
Alors que le bonheur lui jetait un sourire,
Et que quatre-vingts ans l'avaient, sur leur chemin,
Laissé frais et dispos, l'esprit libre et serein,
Je racontais les faits de sa vie agitée,
L'espoir en vain conçu, la terreur excitée
Par les excès cruels et restés impunis
Dont les cent jours d'Empire avaient été suivis.
Je lui disais comment l'éloquence stérile
Du parlementairisme et sa lutte imbécile
Avaient lassé la France, occis la royauté;
Et j'ajoutais ces mots tous pleins de vérité :
         « Le peuple alors court à la République.
         » Mais où trouver cette valeur antique,
         » Cette vertu qui sait, dans tous les cas,
         » Orner la paix, vaincre dans les combats
         » Et de chacun rassurer la fortune ?
         » Ce triple but qu'il fallait obtenir,
         » L'Empire seul pouvait le garantir;
         » Et c'est ainsi que d'une voix commune
         » L'Empire fut par le peuple acclamé.
         » C'était justice. A peine proclamé,

» De son bourbier il a tiré la France ;

» Aux yeux de tous fait briller sa vaillance ;

» Et de laurier parant son noble front

» De ses revers il a lavé l'affront.

» En tout pays, sans que rien l'inquiète,

» Le Français peut enfin lever la tête...

» A Waterloo, Sébastopol répond !... »

Ainsi le peuple en masse avait cent fois raison

D'éprouver du délire au mot Napoléon.

A la France un tel nom rendait la Grande-Armée :

On l'a vu récemment aux combats de Crimée ;

Il exprime la gloire, annonce la valeur

Et dit à l'anarchie : « Arrière !.. On n'a plus peur. »

Je crains qu'en t'adressant un semblable langage,

Lamartine, tes yeux ne quittent cette page.

Je crains, si je la livre à la publicité,

Qu'on ne me croie un jour, ou plein de vanité,

Ou quêtant du pouvoir la douce bienfaisance.

Je suis vieux, inconnu, sans désirs, et l'aisance

Dont je jouis suffit aux besoins de mon corps.

Je n'ai donc qu'un seul but : éviter les remords

Qui me mordraient au cœur, si je n'osais t'écrire

Ce que Dieu m'a donné le pouvoir de te dire.

Quand un lustre a suffi pour présenter aux yeux

Ce qui rend un long règne entre tous glorieux,

D'où vient qu'aucune voix ne chante un tel prodige ?

Au poëte inspiré ne faut-il que prestige ?

Et sa verve impuissante aux grandes actions,

Ne peut-il l'échauffer qu'avec des fictions ?

Depuis plus de trente ans, par l'Europe abaissée,

La France, en sa douleur, gémissait oppressée.

Trois règnes de Bourbons n'avaient su l'affranchir :

Et sous la République, au lieu de se grandir,

Elle allait d'intrigants devenir la conquête,

Quand un Napoléon se remit à sa tête.

Génie aussi puissant qu'il était méconnu,

Au nom seul qu'il portait il devait d'être élu.

Du brillant défenseur du drapeau tricolore

On avait éloigné la parole sonore.

Le Communisme affreux, terrible, frémissant,

Contre l'ordre établi se portait menaçant.

Ne pouvant museler cette hydre à mille têtes,

On battait les tambours, on sonnait les trompettes,

Et le canon tonnant, sous la voûte des cieux,

Portait l'effroi, la mort, la ruine en tous lieux.

Napoléon paraît : plus de guerre civile !...

L'ouvrier se remet à son travail utile.

Au lieu des ateliers nommés nationaux

Où l'on ne faisait rien, si ce n'est des complots

Tendant à ruiner la fortune publique,

Des travaux ordonnés sur une échelle unique

Et que vingt règnes seuls auraient pu concevoir,

Comme un fleuve abondant émanent du Pouvoir.

Les quartiers populeux où l'on respire à peine,

Ces cloaques infects où la mort se promène,

Abattus, assainis du jour au lendemain;

Les yeux avec surprise y voient surgir soudain

Ces maisons, ces hôtels, ces palais, ces merveilles

Dont les siècles passés n'avaient vu les pareilles !...

Quel boulevard superbe à sa voix s'est ouvert !...

Et quelle immense rue où le regard se perd !...

En sveltes pavillons, en arcs qui les unissent,

Le fer et le cristal amis se réunissent

Pour former à la Halle un monument nouveau,

Aussi propre qu'utile, aussi vaste que beau.

Au vieux Louvre achevé se joint un nouveau Louvre,

Plus riche, plus brillant, où l'œil charmé découvre,

Sur un balustre ornant du palais le pourtour,

Nos grands hommes en pied élevés tout autour.

D'un immense palais l'industrie est dotée :

Et partout du ciseau la science est notée.

Mais d'un grand enchanteur le talent merveilleux

Fait tressaillir les sens, vient éblouir les yeux,

A l'aspect de ce bois naguère si stérile

Où les gazons, les fleurs, les kiosks, l'eau fertile,

Étalent aujourd'hui, d'un divin paradis,

Tant de sites heureux, pleins de chants et de ris.

Quelle main a creusé ce lac, cette rivière

Où vogue en se berçant cette barque si fière

De porter la beauté, les amours, les plaisirs,

Et que, de l'autre bord, suivent tant de désirs?...

A quelle voix ces rocs imitant la nature,

Entassés avec art, laissent-ils l'ouverture

Par où l'eau de leur sein s'élance en bondissant,

Luit au soleil, se brise et tombe en mugissant?...

Ah! si Dieu m'eût doué d'un rayon de génie,

S'il eût pétri mon âme avec cette harmonie

Qui semble un souvenir du langage du ciel,

Que de fois, dans un chant aussi doux que le miel,

Ma voix eût célébré ces merveilles du monde,

Ce Prince sans égal, qui d'une paix féconde

Dotait notre pays, tandis qu'à l'étranger

Nos guerriers, par son ordre, affrontant tout danger,

Sauvaient nos alliés, abaissaient la Russie,

Cette puissance, alors redoutable ennemie,

Passant pour disposer du sort des nations,

Et d'une gloire pure inondaient de rayons

Notre belle patrie!... Ainsi régénérée

Et sur son avenir justement rassurée,

La France triomphante, et l'olivier en main,

Devenait, de nos jours, l'honneur du genre humain.

Je sais que le bon ton veut qu'en toute occurrence

Des cris de la Tribune on déplore l'absence.

Je sais que le bon ton veut que le plus beau temps

Soit l'époque où, forçant de voiles à tous vents,

La Presse allait fouiller dans le sein des familles,

Déshonorait l'époux, et la mère, et les filles,

Et, pour ne point lutter contre un vil barbouilleur,

Faisait que l'honnête homme était tremblant de peur.

Pour moi, je n'y vois point de la même manière,

Et de ma part, sans doute, est-ce une erreur grossière.

Je ne suis, il est vrai, membre de l'Institut

Et ne reçus jamais de l'État un écu

Pour devenir ingrat, traître envers qui me donne.

Ah ! l'on ne voit que trop, et plus d'une personne

Qui, du gouvernement, tenant tout, titre et bien,

Croit qu'il est du bon ton, dans le moindre entretien,

De dénigrer tout bas celui qui la fait vivre !...

« C'est de l'esprit, » dit-on. « Le Français en est ivre.

» Que deviendrait chez nous la conversation

» Si l'on ne pouvait plus médire à l'unisson ? »

Pauvre France ! où l'esprit, il me faut bien le dire,

Ne saurait désormais que fronder et médire !...

Il n'en était ainsi dans ce siècle fameux

Tant prôné, tant chanté, lorsque avant d'être vieux

Le Grand Roi soudoyait la muse du poëte,

Et que dans le boudoir fumait la cassolette.

De la tribune alors, loin d'entendre la voix,

Les écrivains, la presse, étaient tous aux abois ;

Et néanmoins l'esprit de ruelle en ruelle

Allait jetant partout sa brillante étincelle.

Est-ce bien là le temps que vous regrettez tous,

Poëtes, écrivains ? Allons ! expliquez-vous !

Non, non, de vos regrets telle n'est pas la cause ;

Vous craindriez trop d'avoir pour toujours bouche close.

Ce qu'il vous faut, à vous qui n'avez que soupirs,

C'est de pouvoir du peuple, au gré de vos désirs,

Plier les passions, faire agir la colère,

Et par l'appât trompeur d'un destin plus prospère,

Le pousser à l'émeute, au bouleversement...

Qui sait ?... Chacun de vous, peut-être, en un moment,

Va devenir le chef d'une autre république !...

Eh ! qu'importe, après tout, la fortune publique,

Si chacun d'entre vous peut jouir du pouvoir ?...

Gouverner, quelque jour, c'est un si doux espoir !...

Mais ici je m'arrête, illustre Lamartine ;

Et devant tes vertus humblement je m'incline.

Mes reproches amers ne vont point jusqu'à toi.

On dit qu'en un moment tu pouvais être roi.

Lorsque seul, retiré dans le fort de ton âme,

Ton œil dans l'avenir plonge un regard de flamme,

Ne sens-tu pas au cœur un immense désir

De voir tous les partis enfin se réunir?...

De la hauteur insigne où plane ton génie,

Fais entendre ta voix, ta voix toujours chérie.

De chants mélodieux en images féconds

Fais retentir encor nos coteaux, nos vallons,

Nos plaines, nos cités, la terre tout entière!...

Adresse à l'Éternel une ardente prière,

Et demande pour nous l'union et l'oubli,

L'ESPRIT NATIONAL, non l'esprit de parti!...

Quand tous n'auront pour but que l'honneur de la France,

Que son bonheur, sa gloire... aie alors confiance ;

La presse sera libre et sans aucun lien;

La France, heureuse, en paix, sans bonnet phrygien.

J. A.

PARIS. — IMPRIMERIE CENTRALE DE NAPOLÉON CHAIX ET Cᵉ, RCE BERGÈRE, 20.—12559.